HOTÉIS

Maximiliano Barrientos

HOTÉIS

Tradução e posfácio
JOCA REINERS TERRON

Título original
HOTELES

Copyright © 2011 *by* Maximiliano Barrientos
e Editorial Periférica
Todos os direitos reservados.

Direitos para a língua portuguesa reservados
com exclusividade para o Brasil à
EDITORA ROCCO LTDA.
Av. Presidente Wilson, 231 – 8º andar
20030-021 – Rio de Janeiro – RJ
Tel.: (21) 3525-2000 – Fax: (21) 3525-2001
rocco@rocco.com.br
www.rocco.com.br

Printed in Brazil/Impresso no Brasil

coordenação da coleção
JOCA REINERS TERRON

preparação de originais
JULIA WÄHMANN

CIP-Brasil. Catalogação na fonte.
Sindicato Nacional dos Editores de Livros, RJ.

B27h	Barrientos, Maximiliano, 1979- Hotéis / Maximiliano Barrientos; tradução de Joca Reiners Terron. – 1ª ed. – Rio de Janeiro: Rocco, 2014. (Otra língua) 14 cm x 21 cm Tradução de: Hoteles. ISBN 978-85-325-2917-6 1. Ficção boliviana. I. Terron, Joca Reiners. II. Título.
14-11553	CDD–868.99343 CDU–821.134.2(84)-3

Sumário

Hotéis 7

Grande Hotel Bolívia,
por Joca Reiners Terron 121

Um Chrysler Imperial na noite e nos entardeceres mais alaranjados. A poeira atapetava os vidros – devemos recordá-lo dessa forma, um automóvel coberto de terra, como se viesse dos alvores de uma revolta armada. Poeira e centenas de insetos mortos no capô e nos para-choques.

A menina não falava fazia horas, e então perguntava: Quando vai ser a Terceira Guerra Mundial?

A mulher, no terceiro hotel onde dormiram, recordou um dos aniversários de seu pai. Seu pai no último e mais difícil momento da diabetes. Seu pai rodeado de amigos. Ela, então uma menina, tirava fotos dele. Sua mãe servia refrigerantes. Seus amigos festejavam, erguendo copos em uma das salas do hospital.

A estrada era sempre a mesma. Havia sol e paisagens inóspitas, paisagens de países pobres.

Abasteciam de gasolina e prosseguiam. A quilometragem se acumulava no painel.

Como vai dar para ver o céu com todos os mísseis o atravessando?, perguntava a menina.

Seis anos. Um rosto sardento. Quando perder a maior parte de sua inocência se parecerá com a mãe. Ainda falta muito.

As cores do céu quando as bombas estourarem, dizia a menina. Ninguém vai estar vivo para tirar fotos de algo tão lindo.

O homem bebia cerveja enquanto via tevê. Adormecia e acordava e se deparava com filmes velhos ou telenovelas, a cerveja quente sobre a mesa, o entardecer, os últimos raios sendo filtrados pelas persianas e salpicando a cama e a roupa dependurada nas cadeiras.

Em um dos criados-mudos encontrou uma bíblia, e entre suas páginas, fotos de uma mulher nua. Eram polaroides. A mulher ensaiava diferentes poses. Parecia feliz, radiante. As fotos como cartas ou mensagens desesperadas.

Pensou:

Ela diz quem foi para desconhecidos. Diz que foi feliz em algum momento.

Observava-as tomando sol na piscina. Fechava os olhos, o calor o adormecia. Estava em um grau constante de aturdimento, com o nível mais baixo de lucidez, uma estupidez agradável que o separava do mundo, do resto dos seres humanos.

Uma vez viu um traficante ser morto. Aconteceu dois anos antes de entrar no negócio de filmes para adultos. Foi em uma briga, esfaquearam-no na saída de uma discoteca.

Chorava, pedia ajuda, tinha sangue na roupa. Arrastava-se e deixava uma poça no caminho.

Como um caracol, pensou. O rastro de um caracol – não sentia medo nem asco, nem se recriminou moralmente por estar quieto ali e apenas observar, era uma fascinação boba que não tentava explicar.

Acocorou-se e o viu se afastar até não poder mais e ficar quieto. Chorava e não tentava conter o sangue que brotava de seu corpo.

Às vezes paravam no meio do caminho e viam a menina se bronzear no teto do Chrysler.

Ele pensava no homem dessangrado, a lembrança não se apagava, embora lhe fosse impossível reconstruir suas feições. Lembrava a roupa que usava e o sangue no piso, porém não sabia se tinha bigode ou se o nariz era grande ou pequeno. Imaginava-o como seu pai, que morreu em uma serraria quando ele tinha dez anos. Não lhe pedia nada, morria pensando coisas que lhe seriam impossíveis de averiguar, insultos insuspeitados, orações dirigidas a um Deus no qual ele nunca acreditou.

O ar-condicionado estava estropiado, por isso as janelas do Chrysler permaneciam sempre abaixadas. A menina botava a cabeça para fora e gritava cada vez que viam um automóvel. Era um jogo que inventou quando estava louca de tédio, quando já havia esgotado todas as perguntas, quando as fantasias da Terceira Guerra Mundial não conseguiam assustá-la.

Viajaram quatro meses. O automóvel quebrou e o abandonaram.

Com o dinheiro que lhes restava compraram três passagens de avião em Cali, e em algumas horas cruzaram o que lhes levou semanas inteiras naquele Chrysler Imperial negro modelo 92.

Ao ver as nuvens pela janelinha, a mulher recordou-se do sol que batia em seu rosto através do para-brisas manchado com cadáveres de bichos. Recordou a transpiração que se acumulava em seu pescoço e em sua nuca. Fechou os olhos para imaginar todos aqueles lugares que desapareciam em sua mente: um monte de piscinas quadradas, lojas de conveniência com ar-condicionado, quartos com uma cama de casal e outra de solteiro, onde dormia a menina.

No avião mal falaram. Estavam esgotados, famintos e confusos. A menina cantava canções que inventava. Cantava-as baixinho, somente para ela, como se temesse que alguém mais as escutasse e se apropriasse delas.

O homem sonhou com seu filho. Estavam em um pasto e uma égua acabava de parir. O menino agarrava uma de suas mãos e os dois contemplavam em silêncio o potrinho que dava seus primeiros passos na terra.

A mulher sonhou que fazia amor com um soldado.

A menina sonhou com o homem. Voltavam ao lugar onde abandonaram o automóvel. Entardecia, o capô foi aberto e olhou o céu. Dançava sozinho mesmo sem ter música. A menina ria, o sol se escondia a distância, uma luz silenciosa se esparramava pelos despojos do automóvel e enchia os olhos da menina e os movimentos torpes do homem.

Ao sair do aeroporto pegaram táxis diferentes. Viram a cidade pela janela, postais que desapareciam a toda velocidade.

I

Não tenho nenhuma imagem. Tenho depoimentos, porém nem fotos nem gravações. Não existe nenhum registro, a viagem desapareceu por completo. Às vezes sonho com o automóvel abandonado em algum lugar do caminho. As partes do automóvel. O chassi oxidado. O sol e a poeira o deteriorando, convertendo-o em despojos. Fantasio em levar a câmera e filmar o que restou do Chrysler, os restos, algo morto e belo. Ninguém conseguirá decodificar o passado que contém. Um objeto inexplicável, perdido, triste.

II

TERO

Foram doze ou treze semanas, o automóvel quebrou e regressamos.

Abaixa a vista.

Um cinzeiro repleto de bitucas, a cama desfeita, as costas de Abigail enquanto se despe. Fora, a menina brinca com o cachorro do proprietário do hotel. Estou exausto, mal consigo manter os olhos abertos. Escuto ela cantar uma canção enquanto toma banho.
    Andrea corre atrás do cachorro, grita com ele.
    Não tem mais ninguém no pátio.
    Essa é a primeira imagem: bitucas, a voz de Abigail. A menina correndo.

Permanece calado durante alguns segundos, brinca com o maço de cigarros.

Viajamos para formar imagens. Viajar é construir uma paisagem privada, uma coleção de espaços mutantes: cidades que são fragmentos de muitas cidades.

Fica de pé, o garçom lhe acende um cigarro. Apoia-se no balcão do Irish, tem trinta e cinco anos, raspou a cabeça, começa a deixar a barba. Fuma e olha os automóveis estacionados, diferentes modelos, diferentes marcas. As pessoas entram nos pubs da área: o Canadian, o Dixie, todos fundados por estrangeiros. Olha a câmera, olha para mim, volta a fumar.

Um impulso, querer ir embora, querer estar em outra parte, ter culhões para fazer isso.

Espera que eu diga algo, mas não o faço. Não se trata de mim, trata-se dele, de Abigail, de Andrea.

Porém tampouco se deve pensar como uma escapada, todo o sentido se adulteraria se fosse pensado nesses termos.

ABIGAIL

Foi uma loucura. Acabávamos de rodar o *reality* de Vênus, estávamos exaustos. Fomos a um bar, tomamos umas cervejas. Ele tirou uns papéis com anotações, mapas, nomes de cidades, nomes de alojamentos, esse tipo de coisa.
Esta noite vou embora, vou deixar tudo isto, falou.
Fez um gesto vago com a mão, baixou o olhar. Ficou calado.
Vou viajar por estes lugares, falou.
Apontou as anotações e os mapas. Letra diminuta, ilegível. Tive o impulso de passar uma mão em sua cara, subir até o cabelo e desarrumá-lo. Estava distante, a ponto de arrebentar. Bebia cerveja dando longos tragos.
Tero, aonde você quer ir?, perguntei.

Bebe um gole de café, olha sua mãe que acaba de entrar com a menina. Andrea corre até onde está Abigail e diz que quer que ela compre um cachorro que acaba de ver. Cruza as pernas, olha a câmera. Abigail, tem a mesma idade de Tero e poderia apaixonar você apenas ficando calada e cruzando as pernas como faz neste momento. Trato de imaginá-la em alguns filmes de sexo explícito porém nem as cenas mais cruas podem anular esta sensação de ternura.

Ao sair do bar, passamos pela casa de minha mãe. Pegamos Andrea, deixamos um bilhete e fomos embora.
　Uma loucura, falou desde o princípio. Um capricho.
　A primeira imagem que me vem é a dos três no automóvel, às quatro da tarde, parados em frente a um sinal vermelho. Estamos calados. Andrea canta. Vemos ela pelo espelho retrovisor. Olha para nós, fica calada.
　É um alívio, a sensação de não saber aonde se está indo. É, ao menos no princípio, juro a você.

Sorri.

TERO

A menina dorme no banco traseiro. Abrigail olha pela janela.

Boceja e se assegura que a filha está bem agasalhada. É uma cidade grande e as pessoas me rodeiam pelas ruas e confeitarias. É o início da noite.

Isto parece o passado, diz Abigail.

Coloca sua cabeça em meu ombro enquanto avançamos lentamente por uma rua de terra. Estaciono diante de um pequeno hotel. Depois de fazer o registro, entramos no quarto.

Levo a menina nos braços, dorme profundamente.

É um quarto grande com uma cama de casal e uma de solteiro, como quase todos os cômodos que nos deram. Dou uma olhada pela janela. Abigail me abraça.

Está completamente adormecida, posso ficar se você quiser dar uma volta, diz.

No centro da praça alguns meninos brincam com fogos de artifício. Ocupo um dos bancos e vejo as fachadas das casas, os automóveis estacionados. Percebo uma silhueta observando a partir da janela do quarto. Lembro dos carros que ficaram no caminho, a estrada iluminada pelos letreiros dos postos de gasolina e das lojas de conveniência. Abigail ao meu lado, ensimesmada.

Deposita a visão na mancha d'água na mesa deixada pelo copo de cerveja. Olha a rua, um grupo de amigos se embriaga em um dos bancos da calçada. Passo para ele o último cigarro que me resta. Fica em pé e chama o garçom. Olha a câmera, mas não faz isso por muito tempo.

É um dia festivo, estou rodeado por pessoas que não conheço. Penso em Laura, caminha descalça no primeiro apartamento que tivemos. Eu a vi dançar sozinha e com estranhos. Eu a vi me olhar nos olhos, rir. Despir-se devagarinho. Mudar os móveis de lugar. O cabelo louro, curto. Penteava-o antes de dormir. Sonhava com números.

Ao voltar, encontro Abigail dormindo na cama de sua filha, as duas muito juntas, a menina como uma versão menor da adulta. Sento-me na outra cama, observo-as durante alguns minutos com a luz apagada.

ABIGAIL

Não sei como escolheu todos esses lugares. Os automóveis são velhos, as casas têm fachadas antigas. Tero vai falar com o encarregado do hotel e eu fico no Chrysler, Andrea está adormecida. Penso em minha mãe e em seu marido lendo o bilhete que deixei para eles. Imagino-os sentados na mesinha da cozinha, calados, tentando fazer uma ideia do acontecido.

Andrea se move, porém não desperta, puxo sua jaqueta até os ombros. Desde que nasceu sua vida é uma fuga contínua.

Ele volta, diz que conseguiu um quarto.

Como se chama este lugar?, pergunto.

Não responde, abre a porta traseira, ergue Andrea e me observa indeciso. Está cansado, tem olheiras e o cabelo ressequido porque não o lava há dias.

Abraço-o, está tenso. Tosse. Não quer me olhar nos olhos.

Vai, dá umas voltas, eu fico com ela, digo.

Pega minhas mãos, que cruzam sua cintura, e concorda. Ficamos assim alguns segundos, olhando uns meninos que acendem rojões e correm para se proteger detrás de umas lixeiras.

Abro a ducha. Penso na mulher que fui dez anos atrás, quando não considerava a possibilidade de ter filhos. Essa mulher egoísta e vaidosa, quero lhe pedir que não se perca.

Esparramo xampu pelo cabelo, é uma sensação prazerosa, me deixa relaxada.

Quando volto ao quarto, Tero não está mais. Cubro Andrea com a colcha e lhe dou um beijo na bochecha. Ao secar meu corpo a vejo com um pouco mais de idade, com quinze. Uma menina que começa a sair com garotos e a quem custa se comunicar comigo. Uma menina que já não é mais menina, brincando que pode deixar de sê-lo quando lhe der vontade.

Deito-me ao seu lado. Abrem a porta do quarto ao lado, escuto a voz de uma menina, depois a de um menino.

Segundos mais tarde:

Teu pai não vai saber de nada.

Você acha?, diz ela, tenho medo.

Imagino-os na cama, com a televisão apagada.

Você se importa que eu tire os sapatos e o suéter?, pergunta o garoto.

Não responde. Ele diz algo que não consigo entender. Passo um braço pela pequena cintura de Andrea. Duas crianças nervosas, despindo-se. Não se olham.

Alisa as pontas de sua saia. Busca recordações daquela noite, a primeira da viagem. Fala sem olhar a câmera. Baixo a vista quando nossos olhares se encontram.

Era um pouco o desejo de ser estranhos. Viajar, ir embora, isso ajudava a nos ver com certa objetividade.

Tosse, tira algumas mechas que caem em sua testa. Acaba de passar batom.

Abraço minha filha e não sei em que momento acabo adormecendo. Ouço as vozes dos garotos, não entendo o que dizem. Serão jovens por muito pouco tempo. Vão fazer amor, descobrirão certas coisas. Ficarão com outras pessoas. Irão fumar em excesso e ficar calados no telefone por tempo demais. Abandonarão festas e terminarão com amigos e vão se telefonar em certos dias, em horas indiscretas. Necessitarão de afeto quando o consolo não for mais possível. Em um dia inesperado encontrarão a forma de fugir.

ANDREA

Lugares novos, era divertido. Não pensava no colégio nem em casa, embora às vezes lembrasse de meus amigos. Tinha saudades de minha avó e perguntava dela à mamãe. Ela falava que estava bem, que logo a veria. Tinha a impressão que não a veria nunca mais e não sentia tristeza ou medo, só uma espécie de tontura.

Sonhava que se distanciava de nós e gritava pra que ficasse quieta, porém ela continuava indo embora. Virava uma pessoa bem pequenininha à medida que ficava longe.

A praça está praticamente vazia, meninos brincam a alguns metros. É uma tarde de vento, a equipe de filmagem chama atenção de alguns. Nos observam com certa desconfiança.

O que eu mais gostava eram as piscinas. Mamãe comprou duas malas idênticas, uma pra ela e outra pra mim. Tomávamos sol e às vezes Tero nos acompanhava, ficava algum tempo com a gente e logo voltava pro quarto ou examinava o motor do carro.

Brincávamos que éramos monstros marinhos e nos perseguíamos debaixo d'água.

Na tarde do primeiro hotel em que chegamos, digo pra ele:

Quero respirar debaixo d'água.

É impossível.

Por quê?

Porque você não tem guelras, e sim pulmões.

Por que não tenho guelras?

Porque você é um ser humano, não um peixe.

Fecho os olhos debaixo d'água e penso que sou um peixe e que estou no aquário de um menino. Sou um peixe que não sabe que vive em um aquário, mas em um rio ou um lago, um peixe que nunca vai descobrir que vive enganado. Saio de debaixo d'água, mamãe usa óculos escuros. Ela se bronzeia devagarinho.

Sou um peixe, digo.

Não responde. É uma tarde ensolarada e outras pessoas se aproximam e desejo que não façam isso, eu desejo que o tempo se detenha. Nado, me distancio.

III

Minha namorada achou que era uma boa ideia.
   Comentei com ela depois de ver o reality *em que três participantes conviviam com uma série de atrizes pornô em uma mansão localizada a alguns quilômetros da cidade. O ganhador viajou a Los Angeles para trabalhar profissionalmente como ator de filmes para adultos.*
   No começo pensei em fazer igual a ele, porém depois me liguei que algo poderia funcionar melhor: Tero e Abigail, dois dos atores (Tero não era um dos concorrentes, era um ator profissional que trabalhava para a diretora fazia anos), escaparam quando a filmagem terminou. Ninguém soube aonde tinham ido, nem sequer a mãe de Abigail sabia do paradeiro de sua filha e de sua neta. Estive procurando por eles durante mais ou menos três meses sem obter nenhum resultado, apesar de ter falado com produtores, atores e pessoas do meio.

Dei por perdido o projeto, comecei a fazer novos planos. Essa era a situação no início deste ano quando recebi sua ligação.

Minha mãe me contou que você é diretor de cinema, disse.

Nesse momento me vieram à cabeça imagens nada pudicas, troquei o aparelho de mão e disse que sim sem deixar de ficar ruborizado.

Não faço mais pornôs.

O documentário não é pornografia.

Estou escutando, disse.

Vivo com minha namorada há dois anos. Estudamos cinema. Ela é atriz, participou de alguns filmes nacionais, até agora só se envolveu em projetos pequenos, em sua maioria cinema experimental. Ela completa vinte e cinco daqui a alguns meses.

Conheci-a num set de um filme que era dirigido por um amigo.

Entes é um filme de ficção científica muito influenciado por David Cronenberg. Trata de um grupo de pessoas nas quais são inseridos dispositivos orgânicos no cérebro, o que as converte em zumbis, corpos dóceis que são empregados em uma série de assassinatos. O filme nunca chegou a ser editado, terminou sendo um projeto incompleto como quase todos que eram feitos na faculdade naqueles anos.

Cristina era uma daquelas zumbis. A primeira vez que a vi, estava sendo maquiada em um dos andaimes do edifício onde filmavam. Fumava enquanto uma mulher lhe penteava o cabelo. Naquela tarde fomos ver filmes em minha casa e desde então estamos juntos.

Ela tinha terminado com um namorado com quem viveu três anos e não estava bem. Ficava calada no meio de uma conversa e ia para a cozinha ou se trancava no banheiro. Abandonava os bares ou as festas sem dar explicação, e quando telefonava pra ela no dia seguinte e lhe perguntava o que havia acontecido, dizia que tinha se sentido esquisita e teve que ir embora. Não havia tido uma relação que durasse mais que três meses, então quando completamos o primeiro ano pedi a ela que nos mudássemos para um mesmo apartamento.

Quando regressou de um de seus ensaios, contei-lhe que Abigail tinha ligado. Me encontrou na sala tomando um café.

Estou morta, falou.

Pegou o uísque e se serviu de um copo sem gelo. Sentou-se no sofá.

E como é a voz dela?, perguntou.

Versões de uma viagem na qual o destino não era o que importava – na realidade nunca houve um destino, só existiu a viagem como ato de desaparição. Estar em constante movimento, indo para longe: me interessam os detalhes desse distanciamento.

A vida privada de dois ex-atores pornô em um contexto à parte do sexo: quem são eles quando não estão trepando?

A vida em cenários transitórios: hotéis, cafés, lavanderias.

Por que fizeram isso? Por que se foram sem avisar ninguém? Fugiam de alguma coisa? Que razões teriam para desaparecer?

Expliquei essas ideias para Cristina. Terminou o uísque, falou:

Parece interessante.

Fechou os olhos e deixou o copo vazio entre suas pernas. Quis abraçá-la nesse momento, porém ela se trancou no quarto. Fechei os olhos e visualizei a estrada perdida, o deserto por todas as partes. Distanciava-me de minha própria vida.

Hoje tivemos o primeiro dia de filmagem.

Tero e Abigail falaram das primeiras lembranças. Quero que as relatem em tempo presente. Crônicas mínimas, ideias soltas. O relato como uma collage *de impressões. Nenhum deles tinha uma ideia clara de por que viajaram de maneira imprevista. Entendê-la como uma escapada é reduzi-la. Não partiram para escapar, mas para fabricar um passado em comum.*

Toda viagem é a construção consciente de um passado. São deixados para trás lugares impessoais (hotéis, cafés, bares, estacionamentos, lavanderias) para inventar lugares íntimos (nisso Tero está certo: a viagem como a construção de uma paisagem privada).

Cristina come um sanduíche recostada na cama.
    Como foi com teus atores pornô?, pergunta.
    Tiro a roupa e me deito ao seu lado. Está concentrada em um episódio de Family Guy.
    Ri, penso na vida que teve com seu outro namorado, estiveram a ponto de se casar.
    Passo a mão por sua cintura, depois pelos seus seios, porém Cristina não tem vontade de fazer amor, retira minha mão de suas coxas sem me olhar ou pedir que eu pare. Não volto a insistir e me concentro nos desenhos animados, um compêndio de ironia e estupidez.
    Rio sem vontade, ela me olha irritada.

IV

TERO

Vamos a oitenta por hora.

O que aconteceria se um avião caísse no meio do deserto?, pergunta Andrea.

Abigail fala do estrondo e das mortes. Fala do fogo, da fuselagem destruída. Fala das peças caras de engenharia consumidas pelas chamas. Turbinas, as asas, a cauda. Existe algo de fascinante nos desastres de grandes magnitudes.

A vista se nubla, bebo água e despejo um jorro no pescoço. A temperatura chega a trinta e três graus. Um ruído e perco a direção, giro à esquerda e depois à direita, as buzinas nos aturdem. Consigo estabilizá-lo e o estaciono em um acostamento da rodovia.

Ninguém diz nada, um desses silêncios carregados de medo.

O rádio liga, a pancada o faz funcionar.

Que foi?, pergunta Andrea.

Abigail olha para mim.

Um pneu, um pneu furou, falo.

Vou ao porta-malas onde as tranqueiras estão guardadas, procuro as ferramentas e, quando consigo tirá-las, deparo com Andrea me observando. Aproxima os lábios do vidro e infla as bochechas como se fosse um peixe. Passo um dedo ao redor de seus lábios, o vidro nos separa. Andrea ri, Abigail me observa do banco do passageiro. Também sorri.

Começo a trabalhar. Em poucos segundos mãe e filha estão ao meu lado, o calor é insuportável.

Tudo bem?, pergunta Abigail.

Tudo bem.

Andrea corre. Abre os braços como se fosse um avião em queda livre. Abigail se protege do sol com uma revista e a segue com o olhar. Torna-se muito pequena, converte-se em um ponto que varia de forma na medida em que se movimenta.

Não vá muito longe, pode ser perigoso, volte, grita para ela.

Entra e sai furtivamente de nossos campos de visão.

Abigail se agacha e boceja. Tem o rosto coberto de suor.

Consigo tirar o pneu furado e o deixo ao lado do automóvel. Ouvimos a buzina de um caminhão e a onda de vento e poeira nos golpeia.

Andrea se detém secamente, tem o rosto enrubescido. Respira com dificuldade.

Você está bem?, pergunta Abigail.

Entra no automóvel e se deita no banco traseiro. Canta.

A temperatura caiu subitamente, ontem fazia calor, agora todo mundo usa casacos. Caminhamos pelo centro da cidade. Tero bebe café.

Andrea dorme ou finge dormir encostada no banco traseiro. Abigail fuma, solta fumaça pelo pequeno espaço da janela que deixou aberto. Chegamos a um posto de gasolina.

Quer ir ao banheiro?, pergunta Abigail.

Estou sem vontade.

Desce-a à força, a menina resmunga.

Não quero ir ao banheiro, mãe, estou sem vontade, se queixa.

Vai do mesmo jeito, olha que mais pra frente não tem nada.

Peço a um dos rapazes que encha o tanque.

Compro comida e garrafas d'água.
Entro em uma cabine telefônica.
É um impulso. A viagem toda foi um impulso.
É a primeira ligação depois de cinco anos.
Digito o número.

ABIGAIL

Chegamos a uma pequena cidade que tinha um pequeno cemitério. Ele para o carro. Desce e se perde por uma das entradas. Andrea o observa com a boca aberta. Sai correndo.
    Fique tranquila, digo para minha filha.
    Corre ao redor dos túmulos e das árvores. É um cemitério parecido com um jardim, com estátuas e mausoléus estilizados, algo bastante desconcertante se se levar em conta que é apenas um povoado. Todos os túmulos são de alemães e os epitáfios estão escritos nesse idioma, não entendo nada do que aparece nas lápides.
    São nazistas, digo a Tero quando o encontro. Não responde, bebe água de uma garrafa de plástico.
    Como você está?, pergunto.
    Permanece calado.
    Tá tudo bem?, volto a perguntar.
    Deixa a garrafa sobre o mármore e faz que sim.

Andrea nos chama.

Fique aqui, vou ver o que ela quer, digo.

Enveredo por um dos corredores, escuto-a correr. Grito seu nome, ri. Me chama.

Onde se enfiou?

Está dentro de uma pequena caverna, brincando com um gato.

Olha, mãe, sabe como se chama?

Saia daí. Você se sujou inteirinha.

Se chama Antonio.

Ela sente um fascínio incomum pelos gatos. Quando vivi uma temporada em La Paz, ficou obcecada com a dona da casa onde nos hospedamos.

Deixa ele em liberdade e sai correndo.

Por que não podemos levar?, pergunta.

Porque com certeza já tem uma casa.

Uma casa? Aqui todos estão mortos, fala.

Tero está no automóvel, tem os olhos avermelhados, como se tivesse chorado. Andrea vai para o banco traseiro e pede algo para comer. Dou um chocolate para ela.

Faz uma pausa para tragar. Joga mais sal em seu filé de frango e olha pela janela do restaurante um grupo de meninos que passa correndo. Logo atrás aparece um homem gritando. Abigail dá um gole d'água.

Vou com Andrea até a piscina. Vestimos os mesmos biquínis. Ela mergulha e nada na parte menos funda.

Não tem ninguém. Ergo a vista e vejo um homem na sacada de um dos quartos, bebe uísque. Há poeira no ar, não é um dos melhores dias.

Recordo homens que se ajoelham e afundam suas caras em minhas nádegas. Homens que cospem em seus pênis e em minha vagina. Homens que me puxam o cabelo e me chamam de puta em idiomas que não conheço. Homens que ejaculam em minha cara. Homens que contam piadas depois que a filmagem acaba.

Fecho os olhos e me vejo em um shopping center, depois no bairro onde cresci. Brinco com papai, pergunto-lhe por que temos que mudar de casa.

Estou em um avião, sedada, a aeromoça distribui copos de uísque aos passageiros.

Um espelho gigante, olho minhas tetas. Me colocaram os implantes dois dias atrás.

Choro na casa do pai de Andrea, tenho vinte anos e o cabelo muito comprido.

Tomo sorvete em um coletivo. Pela janela vejo uma mulher desesperada, sofreu um acidente de trânsito, alguém está morto ou inconsciente em seu automóvel. Ela tenta fazer uma ligação pelo celular.

Corro em um circuito fechado, falo sozinha, digo que preciso sair deste lugar, preciso sair daqui.

Um quarto de hospital, as luzes apagadas. Entra uma enfermeira e me felicita, não sei por quê. Em alguns segundos compreendo que acabo de ser mãe.

Tudo isso na piscina aquela tarde. Imagens simultâneas. Lembranças.

TERO

A voz de Laura, permaneço calado.
Alô, gostaria de falar com quem?, diz.
Vejo o perfil de Abigail e da menina no automóvel, o sol bate em cheio no capô.
Mudo o aparelho de mão. Lembro dela: uma garota tímida que vendia roupa feminina em um shopping center.
Desligo.
Distanciar-se significa que você pode não estar aonde deveria.
Penso em Laura e em Fabio, meu filho. Agora deve ter oito anos.
O que aconteceria se caíssem bombas atômicas nos Estados Unidos?, pergunta Andrea.
Não vão cair mais, a Guerra Fria já acabou, diz sua mãe.
Papai morreu em uma serraria. Mamãe fazia as compras em um supermercado. Um dos trabalhadores me

pegou no colégio e deu a notícia enquanto dirigia de volta para casa.

Na tarde de meu casamento estava a família inteira dela e Laura falou que tinha visto seus irmãos chorando no banheiro. Papai se casou bêbado, com a cabeça enfaixada porque teve um acidente na noite anterior. Dormiu no volante. Laura me pediu fotos dele. Olhou-as em silêncio durante quase uma hora.

É difícil para eles, sou sua irmã caçula, que mais podem fazer?, falou.

Os irmãos eram mais velhos. Um é engenheiro, o outro montou uma loja de peças de reposição.

Acelero até ultrapassar dois automóveis. As férias. O final das férias. A primeira vez que tomei uma cerveja com meus amigos. Isso se repetindo em minha cabeça uma e outra vez. Mulheres rindo ou pintando as unhas dos pés. Escrevendo meu nome em um caderno. Me chamando pelo apelido.

Se um outro pneu furar não teremos o estepe, Andrea teria insolação, os carros passam com intervalos de horas.

A radiação causaria que tipo de deformação?, pergunta.

Já te disse que não vão cair bombas porque a Guerra Fria acabou, diz Abigail.

Viraremos mutantes? Teremos superpoderes?

Uma polaroide. Três pessoas: o pai, a mãe e a criança. Todo meu mundo conhecido não teria sido possível se eu não tivesse partido. Todas as fugas são rupturas de identidade. As pessoas se enfiam nos carros e dirigem, deixam ruas. Contam histórias para si. Facilitam as coisas.

O homem que teria sido, que deveria ser.

Os desastres atômicos povoando a imaginação de Andrea, lembro de Fabio.

O garoto sentado no banco traseiro de um Toyota, na frente Laura e seu namorado ou marido. Todas essas caras.

Acende um cigarro, guarda o maço em um dos bolsos de sua jaqueta. Coça sua barba e passa uma mão pela cabeça totalmente raspada.

Papai morreu trabalhando em uma serraria, eu tinha dez anos. Uma serra o partiu pela metade. Mamãe se casou depois de um ano e se divorciou depois de dois, voltou a se casar em cinco e partiu com seu marido para a Espanha. Fiquei com meu avô.

Entrei no automóvel e deixei a cidade. Escutava todas essas canções: "Unknown Legend", "Song for a Winter's Night", "Sad-Eyed Lady of the Lowlands". Era como se meter num rio e mergulhar e não pensar em nada.

Afundar a cara em um saco cheio de frutas. Astronautas perdidos. O sol imenso, modelado em um fundo negro. A desintegração, a ausência de dor. Dirigia, isto foi tudo, não pensava no garoto, na mulher vendo televisão, esquentando a mamadeira, falando com ele.

Entramos em um supermercado. Tero vai ao setor de bebidas, põe um pacote de seis cervejas em uma cesta e abre um energizante. Dá um gole e se apoia em uma das prateleiras de produtos para cabelo.

Vomito em um cemitério, escuto Abigail e a menina dando voltas. Sei que desceram pois ouço seus passos. Quarenta graus à sombra.

Fabio e Laura saem correndo pela casa. Há os aniversários. Há as tardes em que veem televisão juntos. Há as longas caminhadas por shopping centers ou supermercados. Há as trocas de presentes. Há os momentos em que ela o vê adormecido.

Aqui são todos nazistas, diz Abigail.

ABIGAIL

Tero não sai do quarto a não ser para comprar cerveja. Bebe com o televisor ligado. Acumula as latas na mesa e no tapete.

Encontro-o adormecido na poltrona, tiro sua roupa e o enfio na cama. Me deito ao seu lado e o abraço e passo a mão pelo seu cabelo. Caio adormecida e quando acordo no dia seguinte ele conversa com Andrea na varanda. Está sem camisa, Andrea continua com o mesmo vestido sujo que usa há quatro dias. Não estou certa do que falam, o mais provável é que ela lhe pergunte esse tipo de coisa que sempre ronda sua mente, bombas atômicas ou vidas em outras galáxias.

Sorri. Solta o cabelo. Permanece calada por muito tempo. Recorda tudo isso.

Ao vê-los, penso no pai de minha filha, um jogador de futebol que foi jogar em um time argentino. Conversam pelo telefone, mas é como se falasse com um desconhecido. Não precisa dele.

Vamos à piscina e Tero se tranca no quarto com cervejas. Às vezes se aproxima e senta um tempo com a gente, seu corpo está tão pálido que o sol o irrita. Não fala, nos vê nadar e logo volta a se trancar no quarto. Andrea pergunta o que acontece com ele e eu lhe digo que não sei.

Sinto um pouco de pena dele.

Pena?

Ele jamais conseguiria deixar um lugar de onde teve que ir embora.

Por que você pensa isso?

Não responde, volta a mergulhar e quando aparece em uma das quinas da piscina, diz que é um golfinho.

Existem golfinhos mulheres?, pergunta.

Dirige em baixa velocidade. Permanece calada durante longos segundos. Olho os dedos de seus pés, a pintura vermelha de suas unhas. São pés pequenos. Não têm veias que os marquem.

Estamos em um bar, acontece uma festa. Um grupo local toca e várias pessoas dançam.

Há homens sem mulheres, me observam.

Vamos dançar, lhe digo.

A princípio não se mostra animado, porém logo me leva até a pista. Dançamos música lenta. Passo a mão por sua nuca e me agarra a cintura, seu hálito é uma combinação de cerveja e cigarros.

Já pensou em casar?, pergunta.

Me casar?

Se casar.

Apoia a testa em meu ombro. Não posso ver sua cara, toco sua nuca.

Casar, viver com outra pessoa, diz.

Dou risada. Tero não brinca. Penso em uma pequena casa, em uma cozinha, em um trabalho estável, em uma vida onde as coisas estejam relativamente ordenadas. Penso em completar quarenta e em algum irmão para Andrea.

Você acha que preciso casar?

Respira em meu pescoço. Os homens nos observam, a música é estridente. Passo os dedos por sua nuca, separo seu corpo do meu, olho em seus olhos, porém ele desvia o olhar. Beijo-o, é a primeira vez desde que começamos a viagem. Mal corresponde.

Vou ao banheiro, já volto, diz. Anda cambaleando. Não está bêbado, porém caminha dessa maneira, como se arrastasse um cansaço de anos, coisas não resolvidas. Memória que não dividiu com ninguém.

Bebo cerveja e me fixo nas pessoas que dançam. Mulheres de diferentes idades, falam, riem. Andrea está sozinha, acordada, aborrecida. O televisor é a única luz do hotel. Tem gente que se aplica heroína banhada por essa luz. Gente que reza ou que come a altas horas da noite.

Os homens se amontoam no balcão para pedir cerveja. Gritam, contam piadas. Abraçam-se e dizem coisas e voltam a rir.

Bato na porta do banheiro.

Tero, oi, Tero, você está aí? Tá me escutando?

Não responde.

Sujeira. Nomes escritos na parede, o espelho está quebrado e as descargas abertas. Alguém escreveu o número do telefone da mulher que o deixou. Alguém se trancou em um cubículo e mordeu o cano de uma arma, chorou. Guardou-a no bolso e voltou para onde seus amigos o esperavam, contou piadas. Alguém bateu uma punheta. Alguém se prometeu certas coisas neste banheiro. Alguém quebrou essas mesmas promessas.

Tero, você está aí?

Não responde. A música é ensurdecedora. Fuma sentado no vaso sanitário do último cubículo.

Que acontece?

Não diz nada, ajudo-o a se levantar, saímos do bar. Caminhamos em direção ao hotel. Não falamos em todo o trajeto.

Dispo-o, nos enfiamos na cama. Fazemos com as luzes apagadas. Tero se vira e adormece de imediato, olho sua nuca, as costas suadas. Dou voltas, penso em Andrea, em minha mãe. Penso em Tero, na felicidade de todos nós, essa frágil ideia que nos ajuda a sobreviver quando não ficamos obcecados com ela; penso na sorte que andamos tendo; o aniversário de quinze; em beijos roubados; em mascotes perdidos; nas massagens nas costas que o pai de Andrea me fazia, dizia que eu era uma mulher volúvel, que um dia iria embora. Dançamos sozinhos em um quarto de hotel, dei risada de suas brincadeiras. Penso no homem com quem vou me casar. Tenho um novo filho, ensino-lhe o abecedário, tomamos sorvete em tardes ensolaradas. Compramos enfeites e mobiliamos uma casinha bem pequena. Penso em chuvas constantes caindo sobre o asfalto. Em automóveis com os faróis quebrados. Em sets de filmagem vazios. Em esperma seco no chão.

Abro os olhos e o encontro olhando para mim.

Olá, diz.

Sorrio, começo a chorar.

Olá, volta a dizer.

Olá, respondo.

ANDREA

Estou sentada no colo de Tero, dirijo.

Tenha cuidado, olhe que os carros passam a toda, diz mamãe.

Tero se encarrega de acelerar, de frear e de trocar marcha.

Vamos mais rápido, mais rápido, peço.

Acelera.

Diminua a velocidade, tá maluco, é uma menina, diz mamãe.

A estrada está vazia, não há automóveis nem animais, apenas sol e pedras.

Como estou me saindo?, pergunto.

Está indo muito bem, diz Tero.

Escuto o motor e a respiração de mamãe, porém já estou em outra parte, flutuando no espaço. Sou uma pequena rocha lunar que viaja no vazio rodeada de outras rochas lunares. Somos restos, pedaços da morte de um planeta.

Caminhamos pelos corredores do shopping. Andrea acaba de subir em um banco. Há pessoas de diferentes raças. Olha a câmera e sorri. Abaixa de imediato, fica ruborizada sempre que olha a câmera.

Um automóvel vem no sentido contrário, tenho medo, porém Tero agarra o volante e nada acontece.

V

Ao chegar em casa depois de rodar durante quase todo o dia encontrei um bilhete de Cristina.
 Escreveu:
 Saí com os colegas para festejar o aniversário de Jack. Chegarei tarde.
 Jack é o diretor da peça, desta e de outras cinco em que trabalhou. É um francês que chegou ao país faz alguns anos.

Fiz chá, entrei no pequeno estúdio e procurei as fitas caseiras. Nos dois anos que ficamos juntos fizemos uma montanha de gravações. Pego algumas ao acaso e ponho uma no aparelho.

Cristina dormindo, um primeiro plano de sua cara.
 Cristina tomando café da manhã quando não fazia nem três minutos que havia despertado.
 Cristina tomando banho. Um plano de seus pés e de seu cabelo úmido.

Cristina sorrindo. Diz, quer que eu faça minha pose sexy? Me fale se você quer que eu faça minha pose sexy.

Cristina entrando no automóvel, nervosa porque em algumas horas terá uma audição.

Cristina em uma peça de David Mamet representada diante de um público que se resumia aos alunos da Escola de Teatro.

Cristina em diversos momentos de nossa convivência.

A maioria dos vídeos são dela, eu apareço em alguns poucos.

Preparo outro chá. Vivemos no quinto andar de um edifício relativamente novo, o alugamos de uma amiga que saiu do país.

Hoje foi um dia em que a filmagem deu uma boa guinada. Tero fala de sua família como se fosse um país exótico de onde teve que ir embora. Um lugar que deixou por razões que não são claras.

Não posso vê-lo como um pai, para mim é difícil, inclusive quando fala de Andrea. Não posso imaginar que essa relação em algum momento tenha se tornado paternal.

Será que sua mulher sabe que por um tempo ele se dedicou a fazer filmes pornográficos?

Quando e por quanto tempo conhecemos nossos companheiros? Há certos momentos em que esse conhecimento é possível?

Vulnerabilidade. Quando se tem mais possibilidades de se fazer o mal, maior o espaço para o conhecimento.

Terá voltado a se casar? Como recomeça sua vida uma mulher cujo marido sai pra dar uma volta e não regressa nunca mais?

Imagino ele dentro de um automóvel, dirigindo sozinho, não pensando que deixará sua família. Um homem que dá voltas em um dia de semana, porém pra quem é cada vez mais difícil dar marcha a ré, retomar as ruas habituais.

Continuo a ver os vídeos.

Este é um de meus aniversários. Cristina traz o bolo, coloca-o em uma mesa onde estão alguns amigos.

Alguém pega minha câmera e começa a me filmar. Cristina permanece ao meu lado, me envolve com um abraço e sussurra algo em meu ouvido. Todos aplaudem.

Acordo com o ruído da porta. Ela deixa sua bolsa e as chaves sobre a mesa. O televisor está ligado, porém não tem nenhuma imagem. Caminha nervosa em volta da sala, bebeu e certamente cheirou algumas carreiras. Vai até a cozinha, me cumprimenta de lá.

Por que não está dormindo na cama?, pergunta.

Não sei quanto tempo dormi, não sei que horas são.
Entro na cozinha. Cristina tira os saltos altos e os larga sobre uma cadeira, então bebe um gole d'água.
Como foi?
Faz uma careta que não entendo, não sei se quer dizer que foi chato ou que se divertiu.
Ocupo uma das cadeiras e bocejo. Cristina bebe outro copo d'água e vai até o quarto de dormir.
Permaneço uns segundos sentado, meu estômago dói.
Pragueja. Jogou algo no chão, sua maquiagem ou a luminária de cabeceira.
Cristina, digo.
Fica calada. Desligo o televisor, levo os vídeos de volta à estante e sento em minha escrivaninha com a luz apagada, rodeado de filmes, rodeado de alguns dos melhores momentos de minha vida.

Cristina se divertindo em um dos bares que frequenta. Dá risada e fala mais do que deveria. Não tenho certeza se a imagem que tenho é uma lembrança ou uma invenção. Toda relação chega a um ponto em que as lembranças e a imaginação se confundem, não existe uma diferença precisa, não se é plenamente lúcido para saber que tipo de vida se teve e que tipo de vida se está inventando.

Cristina bailando com estranhos.
Cristina se trancando no banheiro e passando batom nos lábios.
Cristina conversando com desconhecidos.
Imagens de minha mulher quando estou ausente.

Deito em meu lado da cama, fecho os olhos, fantasio com Abigail. Ela diz que quer viver comigo.
Pergunto:
Vamos para onde?
Abigail ri e desaparece.
Estou sozinho em um lugar que não conheço.
Sozinho em um quarto de hotel.

Na manhã seguinte vomita no banheiro.
Preparo o café da manhã.
Ao cabo de dez minutos chega com a mochila no ombro, toma café porém não quer torradas.
Tenho ensaio e detesto fazer isso de estômago cheio, fala.
Liga o televisor e faz o percurso habitual pelos noticiários matutinos.
Não vou demorar nada, digo.
Tomo uma ducha rápida. Quando saio, vejo manchas de sangue no piso, minha namorada está menstruada. Na borda do sanitário, restos de vômito.

Essa é a movimentação de nossos dias, quando dirijo e ela atua em uma peça.

Primeiro a deixo na Escola de Teatro e depois passo pela casa de Leonardo e Arturo, dois rapazes com quem trabalho há quatro ou cinco anos.

No trajeto Cristina fuma. Não usa lentes de contato, desta vez usa óculos de armação chamativa.

Tinha muita gente no aniversário?, pergunto para quebrar o gelo.

Leva o cigarro até os lábios.

Estava todo mundo de quem você não gosta.

Nunca disse que não gosto desse pessoal, digo.

Sabe que minto, por isso não responde. Limita-se a olhar para mim, enfastiada.

Ela desce e fico no automóvel a vê-la, enquanto se aproxima de um grupo de pessoas que conversam sentadas em uma grade. Veem-na e levantam as mãos como se estivesse chegando após se ausentar por longos anos.

Cumprimenta todos com um beijo e um abraço. Dou a partida e me afasto devagarinho. Ligo o rádio e procuro alguma música. Dirijo o mais rápido que posso, assim que retomo a pista principal vejo o maço de cigarros que ela esqueceu no banco.

VI

TERO

A segunda ligação foi do quarto de um dos hotéis.
Andrea e Abigail percorrem a cidadezinha.
Estou sem cervejas, tenho o corpo coberto de suor. Febre. Nem tudo funciona como deveria.
Alô, alguém fala. A voz de um homem.
Desligo.
Deito na cama e ligo o televisor. Neste hotel não tem piscina, a janela dá para um estacionamento.
Um casal chega em um sedã preto. A mulher desce com duas sacolas de supermercado.
Um dia você vai me levar à bancarrota, diz o homem.
A vista começa a embaçar. Passo a mão pelo abdômen, toco uma massa líquida e pegajosa. Transpiro.
Uma mulher vai embora de sua casa. Um homem sai à porta e grita grosserias, a mulher corre e sobe em um coletivo e depois de algumas quadras desce e continua a correr. É um filme preto e branco, o sinal está com inter-

ferência. O céu cor de chumbo e os edifícios e novamente o rosto da mulher.

Ligo o ventilador, estou descalço e sem camisa. A única coisa que visto são os jeans. Estão sujos, manchados de graxa e óleo.

A mulher que desceu com as sacolas de supermercado volta ao automóvel. Grita:

Onde você colocou minha bolsa?

Deixei-a no banco traseiro, responde o homem.

Escovo os dentes, tenho os lábios ressequidos e o hálito amargo. Estou adoecendo. Partes separadas, uma conglomeração de muitíssimas partes. Sou eu. Sou esta coisa. Em certa ocasião escrevi umas cartas, fotografei garotas que dormiam. Espiei em casas de estranhos.

A mulher no filme está presa em um elevador, tem dezoito, menos. Um plano de seu rosto, acne, os olhos rasgados. As portas se abrem e ela sai ao terraço de um edifício, caminha alguns passos, salta. Não tem sangue, um corpo de boneca meio estendido no solo. Um plano distante. Interferência. Som de chuva. A tela fica preta.

Vou até o telefone e digito o número.

A mesma pessoa:

Quem fala?

Desligo.

No estacionamento, um garoto negro escreve QUERO SER UM DESENHO ANIMADO.

Por quê?

Por que pichar uma parede que não é minha?

Por que você quer ser um desenho animado?

Sobe no capô de um automóvel. Tira uma maçã da mochila e lhe dá uma mordida. Olha algo que se mexe detrás de alguns automóveis.

Bob, psiu, *Bob*, vem aqui, ele grita a um cachorro que corre e para com as duas patas no capô.

Fome. Enjoo. O cabelo está molhado, transpiro e devagar fico desidratado.

Eu disse a você que a deixei no banco traseiro, tá cega, como é possível que não encontre a sua carteira?, responde o homem.

O garoto dá um pedaço de sua maçã ao cão, a vista volta a embaçar. O corpo difuso, como se não tivesse ossos, apenas membranas e cartilagens. Acontece um desdobramento. Vejo os dedos de meu pé: sou isto, penso. Sou gordura abdominal, a sujeira debaixo das unhas. Os tendões. O sabor de ferro na garganta. Sou todas estas coisas.

Está mesmo transpirando. Não tá com cara boa, diz o garoto.

O casal procura a carteira no automóvel, a mulher diz:
Eu falei, não está aqui.
Deito na cama. O homem que gritava grosserias para a mulher dirige uma caminhonete, cruza o campo e chega a uma cidade, tem os lábios machucados. A tela escurece e as imagens voltam após alguns segundos.
Levanto o telefone, digito. Responde:
Lau. Escuta, Lau, está com alguém aí? Este é um bom momento?

Olha pela janela do táxi. Estamos parados em um sinal vermelho, um grupo de crianças seguido por sua professora cruza a rua. Baixa o vidro e acende um cigarro. Quando as crianças chegam à calçada do outro lado, os automóveis avançam. Dá tragadas profundas e parte da cinza cai no banco, não se incomoda em limpá-las. Tem os lábios pasmos e seu cabelo começa a crescer, fuma intermitentemente. O taxista nos observa pelo retrovisor.

Esses anos todos e pergunto se ela está sozinha, se não é um mau momento.
Existe algo de impostura nos regressos, eu não queria regressar, queria bisbilhotar suas mudanças, as pessoas que ela pode ser pelo fato de eu não estar com ela.

Laura fica calada, respira pesadamente. Continua lá, morde seus lábios, brinca com o cabo do telefone. Chora.
Por que está ligando agora?, pergunta.
Fabio dando mergulhos em uma piscina, abrindo os olhos debaixo d'água. Desenhando nas paredes da casa. Sujando-se com comida. Mentindo. Vendo postais e fotos velhas. Escrevendo seu nome no verso de fotos de pessoas que não conhece.
Chora, um silêncio longo.
Lau, digo.
Ela se tranca no banheiro da casa onde passamos nosso primeiro mês de casados, há vinte anos. Ri. Está nua. Acabamos de trepar. Fumamos muito. Envelhece devagarinho. Apoio o ouvido na porta. Não temos filhos, falamos de viagens, e de filmes, e de drogas. Mente para mim, diz que esteve com cinco homens antes de dormir comigo. Eu a persigo pela casa, pelo jardim. Eu a vejo adormecida. Almoçamos em um restaurante onde não há clientes. Falamos da velhice, de doenças coronárias, de dentadura manchada com nicotina. Quando éramos crianças odiávamos nossos pais.
Lau, digo.
Permanece no banheiro, nua. Dá risada. Lembro de tudo isso, estou com febre, vejo dobrado. É como cair de um avião. Deve ser assim. Cair em câmara lenta. O fogo

em câmara lenta. A beleza dos movimentos lentos, das destruições em massa, das explosões no céu, da ausência absoluta de sons, do começo de todas essas cores.

Em certo momento pensei que você tinha morrido, diz.

Um homem se aplica coca e dança no banheiro completamente sozinho. Um homem, num destes quartos, escreve seu nome em uma das portas do guarda-roupa, rouba as toalhas ou pinta suas unhas. Veste-se como mulher e se olha no espelho.

Não estou morto. Estou longe, digo.

Quase não te escuto.

O filme prossegue. O homem dirige, o sol bate em sua cara, fecha os olhos e depois de alguns segundos os abre: centenas de cães mortos. Fecha os olhos e depois os abre e não está mais no automóvel, mas em um parque de diversões. É um garoto que corre, não pode entrar em nenhum lugar porque é pequeno demais. Tem luzes por todas as partes. Abre os olhos e outra vez a estrada, e o sol, e o sangue manchando sua camisa, coisas que não podem se apagar somente fechando os olhos.

Está com alguém?, pergunta.

Não.

Estaciona a caminhonete, anda por uma cidade onde não tem ninguém, uma cidade cheia de cães mortos. Tem os dentes quebrados.

Não estou com ninguém, repito.

Mudou a cor do cabelo. Teve outro filho, nasceu de cesariana. Algum homem a viu nua. Disse-lhe coisas no escuro. Acariciou-a e a sentiu respirar. Fez promessas para ela, disse-lhe que esqueceria tudo. Que a má sorte acabaria. Ela teve que acreditar nele. Necessitava acreditar nele.

Onde você está?

Não te escuto.

Está falando de onde?

ABIGAIL

Não sei quando comecei a ver minha filha a partir do lado de fora.

No princípio, as mães, vivemos no mundo de nossas filhas. O mundo de nossas filhas é uma prolongação de nosso próprio mundo. Intuímos suas reações, elas são partes menos estragadas do que somos. No começo, nos primeiros anos, as filhas são a vida de nosso passado. Porém o rompimento acontece e começamos a olhá-las do lado de fora. Tarde ou cedo acontece, passamos a vê-las a partir de uma brecha, não sabemos como aconteceu. Ficam grandes, envelhecemos. Ficam velhas, morremos.

Caminhamos por um shopping center, usa óculos escuros. Descemos por uma escada rolante. As poucas pessoas por ali se viram para olhar para ela. Não porque estejamos com a equipe de filmagem, Abigail é dessas mulheres que provocam esse tipo de reação.

Andrea se aproxima de uma loja de sapatos.

Pare, digo.

Não me dá bola, some de vista. Chamo-a, porém não responde. Depois de dez minutos vejo que um dos vendedores lhe põe sapatos.

Diz:

Ficam bem?

Parece uma princesinha, ele diz.

Não quero que saiba que eu a espio. Penso em muitas coisas. Penso naquela vez que viajamos a La Paz e nos hospedamos na casa da inglesa. Penso em quando conheci Carlos Weiler em uma discoteca e me convidou para trabalhar em Venus. Passei aquela tarde caminhando, tratando de decidir se tinha que fazer aquilo ou não.

Observa os sapatos em um pequeno espelho. Surpreende-se ao me ver:

Como ficaram, mã?

Você está linda.

O vendedor sorri.

Vocês não são daqui, não é?, diz.

Não, somos turistas.

Sua menina é muito inteligente.

Posso ficar com eles?

Claro.

Guardo na caixa?, pergunta o vendedor.

Quero ficar com eles calçados, diz Andrea.

Saímos da loja com os sapatos velhos na caixa dos novos. Caminhamos pela cidade e nos damos conta de que não sabemos como se chama. Andrea me pede os óculos.

Como ficaram?

Você parece mais velha, não tem porque ser mais velha.

Não quero ser mais velha.

Chegamos a um lixão, havia uns vagabundos. Andrea atira neles, mata um a um em sua pequena cabeça. Alguns compreendem a brincadeira e se fingem de feridos, e caem no chão atingidos por uma menina de sete anos que está praticando um massacre imaginário.

Digo:

Vamos, vamos continuar.

Subimos em um coletivo. Ocupamos o banco traseiro. Vemos casas, automóveis, árvores. Andrea apoia a cara no vidro e cumprimenta as pessoas.

Que acha que o papai está fazendo neste momento?, pergunta.

Não sei.

Treinando com o time dele?

Não faço ideia, Andrea.

Ele vai casar.

Como sabe disso?

Me contou da outra vez, quando conversamos pelo telefone.

Por que você não me contou?

Não sei.

Ele me ligou à meia-noite quando soube que eu trabalhava em filmes pornográficos. Ameaçou tirar Andrea de mim. Ligou do Brasil, seu time tinha um jogo em alguma cidade daquele país. Havia bebido, me insultou. Tinha a voz rouca e estava sozinho em um quarto de hotel. Escutei-o sem dizer nada, permanecemos calados durante vários segundos e então desliguei.

Ela canta, fica entediada e deita sobre meu colo. Usa óculos o tempo todo.

Diz isto:

Sonhei que a gente voava e chegava a um lugar muito frio, o polo Norte ou algo parecido. A única coisa visível era o gelo, gelo por toda parte. Descemos do avião e entramos em um táxi e chegamos em uma dessas casas onde vivem os esquimós.

Regressamos ao hotel de táxi. Andrea conta ao taxista o que fez com os vagabundos no lixão.

Por que você matou todos eles?, pergunta.

Porque era divertido, responde.

Olha para mim e vejo meu reflexo nos óculos escuros. Viro a cara e vejo as ruas que deixamos para trás, as pessoas que entram e saem de várias lojas, os automóveis estacionados, as crianças que brincam nas esquinas das casas.

Quando ela nasceu, chorei a tarde inteira, não queria vê-la. Luis dizia que eu estava louca. Tinha sonhos esquisitos: caíam os dentes de papai enquanto ele cantava. Os colegas de escola morriam em brutais acidentes de trânsito. Eu tomava banho em água benta. Rezava no deserto e construía uma casinha pequena. Esse tempo passou. Na primeira vez que dormi com ela tive medo de esmagá-la. Colocava um dedo debaixo de seu nariz para conferir se respirava.

Eu conheço você, já não nos vimos em algum lugar?, pergunta o taxista.

Andrea me observa. Minha cara nos óculos escuros, sou eu, estou aqui.

Acho que não.

O taxista não para de olhar para mim. Sorri, concorda.

Eu conheço você de algum lugar, de verdade. Sua cara é conhecida, insiste.

Chegamos ao hotel.

Um garoto escreve em uma das paredes QUERO SER UM DESENHO ANIMADO.

A mesma frase foi escrita em vários lugares, inclusive no chão.

Tero dorme, Andrea pula na cama e o acorda. Abraça minha filha.

Olha só o que compraram pra mim, diz, mostrando seus sapatos novos.

Você vai partir alguns corações igual tua mãe, diz.

Ocupo uma das cadeiras. Esqueceu de desligar o televisor antes de adormecer. Homens montados a cavalo cruzam o deserto. Os animais são velhos e estão mortos de fome.

Olhe, mamãe, o moleque está quebrando os vidros.

O negrinho joga pedras nos automóveis. Uma mulher sai de um dos quartos e grita. Usa uma bata, tem o cabelo molhado, fuma um cigarro. O garoto corre, a mulher fica muito quieta. Olha para mim. O ar está parado. Todos os nossos medos, estamos juntos. Não falamos.

TERO

Diz:

Voltei a me casar, o casamento durou dois anos. De vez em quando ele aparece em casa pra ver o Fabio. É um homem pequeno e educado, não é capaz de olhar em meus olhos, tem medo de mim e eu não o respeito. Fala com Fabio, não sei de quê, sentam na sala de estar por volta de trinta minutos e depois vai embora, sempre que vem traz presentes.

Tem muitas ligações desse cara.

Diz:

No começo pensei que ia ficar louca. Pensei que tinham raptado você, que te assassinaram. Fizemos denúncia na polícia, porém não encontraram nada, não havia um corpo, ninguém viu o automóvel, era como se a terra tivesse te tragado. Desapareceu, legalmente não se podia fazer nada.

Às vezes ligava pra ela de um posto de gasolina, outras de um restaurante ou do quarto de hotel enquanto Andrea e Abigail estavam na piscina. Ela respondia e começava a falar, eu escutava e não dizia nada. Nunca perguntou por que fui embora.

Caminhamos pelo Parque Urbano. Umas crianças jogam futebol, boxeadores treinam debaixo das árvores, casais descansam recostados no gramado. Enfia as mãos dentro dos bolsos, caminha muito devagar, tem os dentes manchados de nicotina.

Diz:

Não estava desesperada, quero que entenda muito bem isso, nunca cheguei a pensar que minha vida estava acabada.

Continua:

Comecei a sair com outras pessoas, tornei a me casar, me divorciei. Fabio crescia rápido, aprendia a ler, a andar de bicicleta, a jogar futebol. Levava meus namorados nas reuniões com amigos e todos faziam de conta que você nunca existiu, e funcionava, você nunca existiu.

Rodovias, postos de gasolina. Ficávamos sem combustível no meio do caminho e eu descia e enchia o tanque com a reserva. O sol deteriorava a pintura do automóvel.

Desmaiava e depois voltava a mim, assim como recordações que havia esquecido fazia anos. Meu pai recolhia madeira ao longo das tardes. Tinha uma tatuagem de um barco no braço esquerdo. Suava muito. Eu tinha quatro anos, via ele da janela. Mamãe fumava, lia revistas. Falava ao telefone.

Encontrávamos cadáveres de animais no caminho e Andrea me fazia parar o automóvel e descia para inspecioná-los.

Esquecíamos os nomes dos povoados e das cidades. Começamos a ficar calados com mais frequência, passavam horas sem que abríssemos a boca. Andrea começou a falar sozinha ou com pessoas que inventava. Abigail não deu muita importância a isso.

Viam que eu pegava o telefone e não diziam nada. Todas as cidades se pareciam, a maioria dos hotéis tinha piscina. Me trancava no quarto ou verificava o motor do carro. Me masturbava pensando em paisagens: a cor da estrada, a areia. O céu sem nuvens.

Andrea e Abigail tomavam sol, falavam com as pessoas, jogavam cartas. Eu as via ao baixar a persiana. Sonhava que pegava o automóvel e deixava Laura e Fabio.

Conduzia por horas na neve. Sonhava com mulheres que cortavam meu cabelo e me barbeavam. Despertava gritando. Abigail dizia que estava tudo bem, beijava minha testa.

Você está comigo, estou aqui, repetia baixinho, para não despertar Andrea.

Ligava para ela todos os dias. Laura atendia e não se mostrava surpreendida.

Imaginava-a de muitas maneiras. Encostada na velha poltrona, vestindo roupa desportiva. Olhando-se no amplo espelho da sala enquanto acomodava o telefone no espaço que se formava entre sua orelha e seu ombro. Imaginava o que fazia depois que desligava, Laura se trancando no banheiro ou indo até a cozinha. Conversando com alguns de seus amigos e fazendo amor. Dando banho em Fabio. Pintando as unhas dos pés. Depilando as axilas. Escrevendo cartas, fazendo palavras cruzadas. Eu não existia. Era alguém que falava em horas inesperadas. Não tinha cara, não tinha corpo.

Examina seus dedos, parece cansado. Pensa nessa viagem como não fizera antes. Mais de um ano passou depois da partida. Tero vive em um pequeno apartamento do centro, trabalha nos Correios, não tem amigos, as pessoas o chamam por seu verdadeiro nome: Alfredo Cornejo. Ninguém sabe do passado que teve no cinema para adultos. Nunca voltou a ver ou a falar com Laura.

Temos vinte e dois, voltamos de uma festa, deixo Laura na casa de seus pais, nos conhecemos faz duas semanas. Surpreendemos sua irmã e o namorado no sofá, estão pelados. São três da madrugada.

Quando descobrem que somos nós, sua irmã tem um ataque de risadas que não consegue controlar, tem que ir ao banheiro para que não a escutem. O namorado está envergonhado, não sabe se se sente ameaçado ou se pode ficar tranquilo.

Laura lhe pergunta algumas coisas, não entendemos o que ele diz.

A irmã volta e o acompanha para pegar um táxi. Rimos, faz duas semanas que nos conhecemos. Sei algumas coisas de sua vida. Sei que trabalha em uma loja de roupas, que estuda Direito, que gosta dos Redonditos de Ricota,* que detesta carne de vaca, que viaja todo ano para a Argentina porque sua mãe é de San Juan.

Quase o matam de susto, lá fora ele continuava tremendo, diz sua irmã ao entrar.

Tenho que ir, falo.

Quer que eu chame um táxi?

Quero caminhar.

No futuro faremos certas coisas. Vamos subir no teto da casa que alugaremos e tomaremos sol. Faremos tatuagens. Brigaremos por dinheiro. Dormiremos em camas separadas. Treparemos em horas incomuns para não acordar o menino. Porém nesse momento, ao regressar para casa caminhando, o futuro não existia. Podia inventá-la. Existia algo maravilhoso no fato de que não a conhecia a fundo.

Cheguei bem, falo pelo telefone.

Pensei em você o tempo todo.

Pensou o quê?

Nada, imaginei você caminhando sozinho. A rua, as casas com luzes apagadas. O frio, essas coisas.

Quando fui embora não pensei nela nem no menino. Havia algo de belo em desaparecer. Em ser outro. Em dirigir durante horas, em parar nos postos de gasolina. Em fumar dentro do automóvel. Era como apagar um interruptor. A luz acabava, começava algo diferente.

Você nunca falou sobre isso?, quero perguntar pra ele. Nunca sussurrou isso a ninguém? Guardou na cabeça todos esses anos?

Cruzamos paisagens desoladas. Andrea dorme. Abigail usa óculos escuros. Escutamos *rancheras*. Estou ao volante há três horas, bebo água de tanto em tanto. Chocamos contra um cavalo que aparece do nada, damos voltas, o mundo gira, e faz sol, e é um pedaço de céu visto através de um para-brisas destroçado. Sangue e dentes quebrados e pulsações se apagando. O cérebro forma imagens: xícaras de chá, latas de cerveja, chaves perdidas. Cães. Roupa de mulher no piso. Tudo passa demasiado rápido, nem sequer há tempo para gritar. Não há tempo para pensar no quão absurda é nossa tentativa de preservar algo que não fizemos.

Uma pancada é suficiente para não se ter memória.

Desperto. Andrea chora, não posso me mover, não sei qual é o seu estado. Abigail tem meio corpo sobre o capô, é uma mancha de sangue e cabelo. Seus tênis são Adidas.

Meu pescoço está paralisado e tenho sangue na cara e nos braços, não quero mover as pernas porque estou apavorado.

O cavalo tenta se levantar, tem as patas quebradas e está morrendo, tem hemorragia interna, quer correr, ir para bem longe, porém está morrendo e sabe disso e resiste, resiste mais do que eu resisto. Sua vida é mais saudá-

---

* Banda de rock argentina dos anos 80. (N. do T.)

vel que a minha e estou vendo ele morrer e estou vendo o sangue de um animal que matei.

Andrea, falo.

Laura quebra coisas. Desliga o telefone. Taca fogo na roupa. Fura os pneus de seu automóvel. Beija sua amiga no escuro da sala de cinema. Conta histórias a Fabio antes de dormir.

Andrea está morta. Abigail está morta.

Choro e pronuncio seus nomes. Tenho medo e quero sair dali e choro.

Choro.

Fica calado. Olha a ponta de seus sapatos.

A estrada imperturbável.

Andrea fala dormindo e Abigail dá a volta ao seu redor e passa a mão em sua nuca, bebe um gole d'água, o calor é insuportável.

O Chrysler é o único automóvel em movimento. Me aferro ao volante e tenho as mãos suadas e trêmulas. Abigail tira os óculos.

Quer água?, pergunta.

Não.

Falta muito?

Falta.

Quanto?

Capotamos. Um cavalo cruzou e batemos nele. Andrea estava morta.

Como é?

Começo a chorar. Passo as costas da mão nas bochechas.

Você tá bem?, pergunta Abigail.

Andrea olha para mim e eu a olho pelo retrovisor.

Um cavalo?, pergunta.

Um cavalo, respondo.

Não quero pensar na morte, tenho medo de fechar os olhos por muito tempo. Tento não adormecer nesta estrada. Quero reprimir o instinto de destruição, o desejo não confessado a ninguém de que um cavalo atravesse, algo, qualquer coisa que provoque as piruetas do Chrysler, os ossos quebrados, as feridas. Os pontos cegos: corpos, todos somos corpos e processos fisiológicos e medo e recordações e enfermidades não manifestadas esperando nos órgãos. Sonho com meu coração, com meu pâncreas, com meus rins. Funcionam. Eu sou tudo isso.

Não há mais fantasias do desastre: o verão, três pessoas com insolação dentro de um automóvel. Nos distanciamos das coisas como eram, como imaginamos que foram.

Outra cidade, depois de algumas horas, outra cidade.

ABIGAIL

Desperto muito cedo, Tero e Andrea continuam dormindo.

Retenho imagens do sonho: aviões que partem de aeroportos, sombras de aviões, crianças olhando o céu.

São cinco horas, talvez um pouco mais cedo.

Caminho pelas instalações. As luzes estão apagadas.

Tem vento, não faz frio. Chego até a piscina. Não tem ninguém. A água é iluminada pelos refletores.

Diviso um homem a alguns metros sentado na borda da piscina para crianças. Tem os pés submergidos dentro d'água.

Sempre me levanto a esta hora, diz.

Não respondo de imediato, reconheço-o depois de alguns segundos, bebia uísque no terraço de um dos hotéis em que estivemos. Está perto dos cinquenta, o desgaste começa a se fazer visível no ventre, e na papada, e no cabelo escasso. Não me assusto, ainda por cima sinto prazer no fato de saber que não estou sozinha a estas horas. Desfruto a companhia de um estranho.

Você também está de viagem?, pergunto.

Sempre estou de viagem, sou comerciante, diz.

No recesso que Abigail tem no trabalho. Trabalha como recepcionista em uma agência de turismo. Despertou muito cedo esta manhã, veio até aqui após deixar a menina no colégio, dirigiu durante vinte minutos, todos os dias faz o mesmo trecho, já está acostumada. Retira um maço de cigarros de sua carteira e cumprimenta uma de suas companheiras, todas se vestem igual, um uniforme que as deixa parecidas com aeromoças.

Chama-se Ricardo. Conta para mim que viaja desde que tinha vinte anos, a maior parte de sua vida a passou na estrada. Casou-se três vezes, conheceu sua primeira esposa em uma das viagens. Passaram a lua de mel com o pé na estrada. Liga para sua família nos aniversários ou no Natal. Telefona para eles de bares e hotéis. Às vezes lhe informam que um de seus filhos se casou ou que uma de suas filhas acaba de ser mãe. Contam para ele que algum parente morreu.

É algo a que me acostumei, diz sorrindo.

Quando já é de dia se aproxima uma moça e se enfia na piscina, envolve-o com seus braços e lhe diz algo que não consigo escutar.

Tenho que ir embora.

Suerte.

Pra você também.

Ela vive em uma das cidadezinhas que ficam em seu circuito comercial. Pode ser que a tenha conhecido uma noite dessas, é garçonete de um bar, é uma puta. A esposa de algum outro. Aceita vê-lo durante alguns dias ao ano, no caso de estar certa a primeira impressão.

Há passividade nos acordos, nos sentimentos. Há passividade e renúncia.

Vão por uma estrada, ela revisa os mapas, ele fala dos lugares que conhece, conta histórias para ela. Brigas em bares, sacos de dinheiro encontrados no caminho.

A luz do dia está em todas as partes.

As pessoas têm o impulso de conhecer novas pessoas porque esse é o melhor substituto da viagem. Conhece-se outras pessoas e se escapa um pouco de sua própria vida. Mamãe e seu marido têm vidas que passaram mais ou menos inalteradas através dos anos. Quando penso em sua geração, esse é o quadro que tenho: vidas que foram viagens seguras. Viagens longas, imensamente longas. Minha geração é a geração das múltiplas viagens, porém todas as viagens são curtas e acidentadas e violentas.

Fala pelo telefone, a mulher está recostada na cama vendo televisão, abaixou todo seu volume. Vinte anos os separam. Pode ser sua filha.

O sol cansa, é igual todos os dias. Qualquer um poderia morrer se ficasse algumas horas estendido na intempérie.

Tero enfia nossas coisas no porta-malas e Andrea cava buracos na areia.

Onde você esteve?, pergunta.

Lá em cima, respondo, e aponto a piscina.

Tudo pronto?

Sim, diz.

Andrea, do banco traseiro, despede-se de alguém.

Tá dando tchau pra quem?, pergunta Tero.

Pro Luigi, responde.

Não vejo ninguém, somente os automóveis estacionados na garagem.

Tiro o mapa que guardamos no porta-luvas.

Estamos a duzentos quilômetros da próxima cidade.

Quero brincar de alguma coisa, diz Andrea.

De quê?, pergunto.

De algo, responde.

São sete e me bate o sono.

Baixo o vidro, o ar está quente, nos movemos nas entranhas de um dragão. Perdemo-nos os três bem no fundo de um forno.

O homem e a moça trancados no quarto de hotel, tomando banho juntos e fazendo amor e depois dormindo.

Deixa ela em um dos povoados. Regressa. Utiliza o automóvel para voltar para sua família. Sua verdadeira pátria é seu automóvel.

Quanto vai durar tudo isto?, pergunto.

Tero me olha e volta a se concentrar na estrada. Acelera. Andrea fala sozinha.

Quer voltar?

Não, não quero.

Pode voltar, não estou te prendendo.

Eu sei, digo.

Essa foi a única vez que falamos disso. A única vez em que pensamos que o que fazíamos, o ato de desaparecer, terminaria algum dia. Ninguém pode continuar a ir por muito tempo. Ninguém pode se converter em outra pessoa. Pode-se mudar de nome, porém será sempre o mesmo.

Penso no homem vinte anos atrás. Está com sua esposa, uma mulher vestida de noiva. Um automóvel se perdendo no deserto, poeira, quilômetros. O véu da noiva no vento.

ANDREA

A gente vê o cavalo e falo vamos parar e Tero freia em seco e o automóvel faz uma pequena curva e mamãe se assusta.

Que aconteceu?, pergunta.

Desça, falo.

Mamãe vira pro lado e corro em direção ao cavalo, que está só a um metro da estrada. Foi atropelado faz uma semana. Está morto, tem a barriga inchada e o cheiro é insuportável. Alguns pássaros dão voltas e se aproximam.

Coloco a mão na boca e tapo o nariz e escuto mamãe chamando a gente. A boca entreaberta, dentes longos e amarelos, as patas quebradas e as costelas se insinuando pela carne lisa. Correu no campo uma ou duas semanas atrás, um cavalo selvagem coberto de suor e medo. A memória do cavalo.

Estamos no recreio de seu colégio, conversamos em um lugar à parte, seus colegas a observam com curiosidade.

Imagens de campos abertos e de lagos e pântanos. Essa deve ser a memória dos animais.

Tero se agacha e leva a mão à boca.
Pergunto:
Escapou de onde?
Não sei.
Mamãe continua encostada no automóvel, a vários metros. Usa uma revista como viseira.
Os olhos inchados, negros, os cascos rachados. Sangue na estrada, alguém o arrastou até aqui. Alguém o matou e depois o arrastou até aqui.

VII

Depois da filmagem encontro Cristina chorando na sala.
Não sei por que minha namorada chora. Entreabro a porta e a vejo inclinada no encosto da poltrona. Francamente não sei o que acontece.
É uma pessoa infeliz.

Uma vez foi infiel comigo.
Pode ser que tenham sido muitas vezes, porém tenho certeza de que esteve com um ator de teatro há oito meses. Nunca soube que fiquei a par dessa relação.
Ele a conheceu em uma peça de Gombrowicz. Seu nome é Víctor.
Vi-os se beijando no carro dele. Não sei se mais alguém soube o que se passava entre os dois. Fui alugar uns filmes e os encontrei dentro de um automóvel, discutiam. Ele a beijou. Tranquilizaram-se depois de alguns segundos, come-

çaram a conversar com mais calma, ele ligou o carro e partiram.

A locadora de vídeo fica distante do apartamento, fui porque me disseram que poderia conseguir filmes de John Cassavetes.

Voltei para casa um par de horas mais tarde e encontrei Cristina na cozinha preparando alguns sanduíches, nos cumprimentamos com certa frieza e sentamos para jantar. Nunca mencionei o incidente.

Víctor não telefonava pra casa, era ela quem tomava a iniciativa.

Depois de um ano, ele foi embora para Los Angeles.

Seguimos adiante como se nada tivesse acontecido, o comportamento de Cristina não se alterou minimamente.

Na estreia oficial da peça eu a vi durante os trinta minutos que durou "Ivonne, princesa de Borgonha" atuando ao lado de Víctor. Quando acabou a encenação, ela o apresentou a mim.

Falou:

Ele é a estrela do elenco.

Naquela noite jantamos com o grupo de atores e com o diretor. Víctor ficou um tempo e depois foi embora.

À noite, quando estávamos na cama e Cristina lia ou via televisão, tratava de imaginar como havia acontecido.

Visualizava o ligeiro roçar, o diálogo inocente ou que pretendia sê-lo. As caminhadas ou voltas no carro de Víctor quando a levava para casa. Tratava de me imiscuir em uma cumplicidade que nunca pude entender – e da qual obviamente estava excluído. Quando se dava conta de que a observava, me falava do livro que lia, nunca me perguntava o que estava acontecendo.

Não soube se era feliz nos furtivos encontros que tinham.
    Não soube se se tratou somente de sexo ou se havia algo mais.
    Me inclino a pensar que havia sentimentos no meio, já que quando os vi no automóvel depois de sair da locadora de vídeo, Cristina estava alterada, não com essa ansiedade resultante do medo de ser descoberta. Não se achava ameaçada, se achava sozinha. Alguém estava a ponto de lhe tirar algo que necessitava para seguir gostando de si mesma, para seguir sentindo-se bem com o mundo.
    Eram felizes juntos.
    Toda essa felicidade era indissociável do medo.

Por que não terminou comigo?
    Não temos filhos, não estamos casados, não existe nada que nos obrigue a permanecer juntos salvo o desejo de estar. Sabia que ele partiria a qualquer momento do país e isto

atenuou seu desejo de me abandonar? Teria medo de se desencantar se fosse viver com Víctor? Medo que deixasse de ser a atemorizante e fabulosa brincadeira que era quando nenhum dos dois a tornava pública?

Brincar de não estar sozinhos durante um tempo.

Brincar de não estar sozinhos nos estacionamentos ou nos hotéis ou nos restaurantes distantes do bairro.

Brincar de estarem sozinhos quando ninguém os via.

Com o tempo cheguei a pensar que a razão era muito mais simples: ele nunca a quis.

Quando Tero falou de sua esposa, das chamadas telefônicas que fez durante a viagem, pensei em Cristina e na possibilidade que ela tivesse partido. Pensei nas vezes que falaríamos por telefone. Não há um limite preciso nos finais. Somos todas as pessoas que viveram conosco.

Estou vendo minha namorada chorar na poltrona da sala de estar, as possibilidades de voltar a um momento privilegiado são escassas, já nem sequer nos iludimos. Cristina não é uma pessoa feliz ao meu lado. E se agora me pergunto, não creio que nunca tenha sido. Tivemos bons momentos, no começo, momentos prazerosos, porém não foram mais que isso: distrações, lugares agradáveis, lugares seguros.

Era mais fácil viver comigo do que fazer isso sozinha.

Abro a porta e me aproximo da sala. Sabe que a estou vendo chorar e não me diz o que lhe acontece.

Imagino-a com dezesseis anos. Invento toda essa vida na qual nem sequer posso ser um observador.

Chora com certo ensimesmamento. Coloca a cara entre os braços e deixa que saia toda essa dor da qual estou excluído.

Minha namorada não tem a vida que desejaria e não posso fazer nada a respeito.

Vivemos quase dois anos neste apartamento e mal conheço o que ela quer que eu conheça.

O egoísmo em nós é uma forma de proteger nossas vidas verdadeiras.

Qual é a vida verdadeira de Cristina? Qual é a minha vida verdadeira?

Talking Heads: as coisas caíam aos pedaços e ninguém prestava atenção.

Deveria abandoná-la, assim como Tero deixou Laura. Ir embora, entrar no automóvel e percorrer diferentes cidades do país, torrar minhas economias, me filmar enquanto deixo para trás tudo o que considero minha vida. Filmar a mim mesmo enquanto me afasto, enquanto me perco por estradas sem nomes. Fazer um filme de minha incapacidade para ter uma relação plena e saudável com a mulher que uma vez eu quis. Ligar para ela de algum café e lhe dizer que agora, ao vê-la chorar, não posso.

Afastar-me de minha vida a toda velocidade.
    Afastar-me de minha vida significa não ver Cristina nunca mais.

Faz quarenta minutos que está encostada na banheira, deixou a porta aberta e daqui posso ver seu perfil.
    Bebe chá, tem os olhos fechados.
    Tirei o volume do televisor, está passando A felicidade não se compra *no Cinemax. James Stewart corre pelo povoado sem reconhecer nada do que vê. Sua vida passada desapareceu. Não existe, o mundo continua sem ele. O mundo pode seguir sem nós.*
    Não estou bem certo de que Cristina vai embora, talvez nada disto seja verdadeiramente grave e ela padeça apenas de um momento de angústia passageira.
    Há meia hora liguei para a casa de Abigail. Não soube o que dizer e desliguei. Quando estava no colégio fazia isso com frequência, ligava para as garotas de quem gostava e quando pegavam o telefone, desligava.

Scott Fitzgerald: toda vida é um processo de demolição.

Se isso estiver certo, não se trata de bons e maus momentos.

Não se trata de que a quantidade de maus momentos seja superior à de bons momentos.

Não existe uma distribuição arbitrária de felicidade e de desgraça.

Fitzgerald fala de um sistema. De que a vida, a de Cristina, a de Tero, minha própria vida, alcança o auge e depois todas as coisas decaem.

Há ordem no fracasso. Algo acontece, algo intercede e daí então caímos.

O que foi que aconteceu com Cristina?

Nos vídeos que temos no estúdio há imagens de uma mulher totalmente distinta da que estou vendo agora.

Cristina em cima de uma mesa fingindo ser uma diretora de orquestra.

Cristina recostada na poltrona me dizendo que acaba de sonhar que o apartamento se incendiava e que ela era uma menina que observava sem medo, com assombro.

Cristina dançando com meu pai em um de seus aniversários.

Imagens de outra Cristina.

James Stewart perde a sanidade ao ver que tudo o que conhecia não existe: sua mulher, sua família. Sua casa.

Tero, Abigail e a menina, os três enfiados nesse Chrysler empoeirado que cruza a estrada. Quando acabou a viagem não se falaram mais, seguiram adiante. Viveram suas vidas, suas versões privadas da viagem que realizaram em conjunto.

Entro no banheiro, sento no vaso sanitário e vejo o corpo nu de minha namorada.

Cristina não diz nada.

Agarro a esponja e a afundo n'água, espero alguns segundos e a retiro umedecida. Encho-a de sabonete e começo a lhe esfregar as costas, seu corpo é dócil e cerra os olhos e permite que eu me encarregue disso. Inclina-se ligeiramente para diante e as vértebras marcam suas costas, pequenas protuberâncias se formam em meio à brancura. Afundo a esponja n'água e volto a esfregá-la contra sua pele. Geme de cansaço ou porque a sensação lhe parece prazerosa.

Nestas alturas James Stewart voltou para casa, está rodeado por seus amigos e sua família. Recuperou a vida que perdeu, os finais felizes são finais onde tem muita gente, gente por todas as partes. É Natal. Um anjo ganhou suas asas.

Algum dia estaremos separados e viveremos vidas distintas. Às vezes pensaremos em quem fomos. Não pensaremos no que estamos fazendo neste momento nem na razão pela qual se chorou naquela tarde (se é que existe uma verdadeira razão). Estaremos com outras pessoas e recordaremos o que não queremos recordar, assim acontece sempre. Não seremos os que somos agora e não teremos pena por deixar de sê-lo. Não fizemos mal e poderemos escapar quando o cansaço se tornar intolerável.

Afundo a esponja em sua pele e olho a parte de nosso quarto de dormir que está visível do banheiro: a cama, os criados-mudos, o pôster daquele filme de anões do Werner Herzog. Imagens típicas de nossa vida em comum.

VIII

TERO

Estou estendido debaixo do automóvel, que avariou em pleno caminho. De onde me encontro posso ver os pés de Abigail e de Andrea. Movimentam-se de um lado para o outro. Vejo suas sombras projetadas no asfalto. Escuto o zumbido de alguns automóveis quando passam ao largo.

Não sei quando isto aconteceu, não sei se foi no começo ou no final da viagem, antes de o Chrysler estropiar por completo. Não recordo se já havíamos ficado sem dinheiro ou se ainda tínhamos o suficiente para desperdiçar. Não recordo se as chamadas telefônicas tinham começado ou se nem sequer havia pensado nelas. Recordo que o calor era sufocante e que Abigail falava, a menina ria.

Se retivesse alguma imagem, seria essa. Uma imagem em que pessoas não participam, somente partes de pessoas, as entranhas do automóvel, os ruídos que existem no outro lado do mundo.

Ruídos mortais.

Tudo é mortal. Tenho poeira na cara e examino o carro.

Por um momento não há pensamentos, há muito calor porém não pensamentos.

Tudo é mortal, tudo tem um ritmo que vai diminuindo paulatinamente.

ABIGAIL

Uma dessas lavanderias públicas.

Não recordo como se chama o lugar. Tem quatro ou cinco pessoas, todas passam dos quarenta, aguardam suas roupas, algumas estão de pé, outras estão sentadas nos bancos. Dois homens fumam, um lê o jornal.

As portas são de vidro, tenho uma panorâmica total da rua.

Não tem ninguém.

Não se escuta nenhum ruído.

De repente um automóvel se estatela em uns latões de lixo e bate em um poste de luz. Os alarmes dos carros da quadra se ativam. O chofer permanece inconsciente durante alguns segundos. Quando desperta, abre a porta e escapa. Vejo ele se perder por uma das ruas, corre a toda velocidade. O automóvel está completamente destroçado, com ambas as portas abertas. Ninguém sai para a rua.

Fico com essa imagem. A rua vazia, o carro afundado num poste de luz.

Andrea tem a cara colada ao cristal e encosta os lábios no vidro, infla as bochechas como se fosse um peixe.

ANDREA

Estamos no banco traseiro, é de manhã.
Passamos por uma família que vai num caminhão. Mamãe e Tero estão calados e daí começa a chover. Não que não tivesse chovido outras vezes, porém nada anunciava que choveria, o céu estava completamente claro.
Vamos enfiar a cabeça na janela, digo para Luigi.
Vamos enfiar já, diz meu amigo.
A água bate direto em nossa cara.
O que você tá pensando?, pergunto.
Sou uma planta, responde.
Fecho os olhos e imagino que sou uma planta e que alguém me rega. Quando os abro, vejo que faz sol apesar da chuva.
Deixamos para trás um homem em uma motocicleta. Luigi o cumprimenta.
Quem é?
Não responde. Também o cumprimento.

Mamãe pede que eu me sente, porém continuo com meio corpo para fora. Essa é a minha imagem favorita.

Quando regressamos aos nossos bancos, vejo a chuva através do para-brisas. Também vejo a nuca de Tero e de mamãe. Continuamos em silêncio durante vários minutos.

Luigi se sai com esta:

Teus pais vão se divorciar.

Vejo seu rosto sardento e seus olhos negros, e lhe digo:

Não são casados, Tero não é meu pai.

Grande Hotel Bolívia,
por Joca Reiners Terron

Maximiliano Barrientos nasceu em Santa Cruz de La Sierra, na Bolívia, em 1979. Eis um dado biográfico que parece questionável, principalmente depois da leitura deste seu breve romance de estreia e dos contos incluídos no livro *Fotos tuyas cuando empiezas a envejecer*. Ao se deparar com sua narrativa ultrassintética e lírica, o leitor talvez considere que o autor nasceu em alguma cidadezinha do meio-oeste dos EUA, e não nos altiplanos bolivianos. O traço estrangeirado parece típico da geração de autores surgida nos anos 2000 em diversos países da América Latina, para a qual um novo ciclo de exílio se impôs. Distinta dos ciclos anteriores, premidos pelas circunstâncias políticas do passado do continente, essa corrente migratória está mais relacionada às facilidades de locomoção atuais e a uma certa inadequação geográfica decorrente do uso regular da internet. A existência virtual, além de estabelecer um tempo contínuo no qual passado, presente e futuro se achataram na mesma dimensão, também causou o delírio cultural de se pertencer a um outro lugar. Seguem algumas perguntas feitas por e-mail a Barrientos para tentar compreender a razão desse comportamento e como isto influiu no surgimento desta beleza que é *Hotéis*.

Existem momentos da novela em que os personagens não parecem estar na América Latina. Isto surgiu conscientemente?

Escrevi Hotéis *em 2006 quando tinha 26 anos, em um momento em que refutava o localismo, ou o que então se entendia como uma literatura que tinha a obrigação de retratar uma região ou uma tradição em particular. Creio que com esse fantasma lutamos alguns escritores bolivianos de minha geração, em um princípio, quando recém-dávamos os primeiros passos. Escrevi a novela pensando que o que importava de verdade era o clima emocional dos personagens mais do que o lugar onde tudo acontecia. A experiência da literatura que me interessava então, e ainda agora, consistia em reconhecer que aquilo que acontece a nós pode acontecer a qualquer um. Lemos para comprovar que nossa subjetividade não é radicalmente distinta de outras, mesmo que estejam marcadas por geografias distintas e, em alguns casos, remotas. Nesse sentido, tomei certas liberdades para contar a história de* Hotéis, *já que o que gostaria de verdade era relatar as histórias de algumas pessoas que fugiam para pulverizar suas identidades.*

Ao ler seu livro foi impossível para mim não pensar em Crônicas de motel, o livro de Sam Shepard. Qual é a influência da literatura norte-americana em sua ficção? Quem são seus autores gringos prediletos?

Encontrei na literatura norte-americana uma vitalidade que antes, quando ainda não lia, procurava na música. É uma literatura concentrada em ações, em subjetividades problemáticas que tentam se refazer, em experiências diretas, em emoções. Sempre me rebelei contra a abstração, contra uma linguagem que seja apenas retórica. Também me rebelei contra o artifício, contra uma literatura que experimenta pelo simples fato de experimentar. A literatura norte-americana também tem uma corrente que segue essa linha, uma corrente que me deixa indiferente. Me interessa a parte realista da literatura norte-americana. Uma literatura do concreto e da intimidade, onde a intensidade tem mais peso que as ideias. Muitos desses livros eram para mim solos de guitarra que me falavam ao ouvido, eu podia me ver refletido neles. Raymond Carver, o Denis Johnson de Jesus' Son, *o primeiro Rick Moody, Cormac McCarthy, William Faulkner, o Ernest Hemingway dos contos, Leonard Michaels, o John Cheever dos contos e do diário, o Richard Ford desse belíssimo romance breve chamado* Wildlife. *A Joan Didion de*

O ano do pensamento mágico, *o Tim O'Brien de um volume de contos que bem pode ser um romance:* The Things They Carried. *Mas também com eles Bruce Springsteen e Warren Zevon e muitas outras bandas de rock, além de muitos compositores. Escutei discos como* The River *ou* Nebraska *como se estivesse lendo volumes de contos. Em um sentido estrito, são precisamente isso.*

A presença do cinema em *Hotéis* é inquestionável. De certa forma Tero, Abigail e Andrea também estão fugindo do cinema – de sua artificialidade ou da artificialidade de sua vida na indústria pornô – e acabam caindo na armadilha de outro filme, ficam "presos" no documentário que é dirigido pelo narrador. Qual é a importância do cinema para você, e quais são seus filmes preferidos?

Creio que a experiência de edição, a forma como trabalho editando meus livros, a devo muito mais aos filmes a que assisti do que aos livros que li. Me interessa a primeira fase de Wim Wenders, John Cassavetes (quase todo), os documentais de Alan Berliner, especialmente o dedicado a seu pai: Nobody's Business. *Os três filmes que Jeff Nichols fez até agora. Filmes como* Two-Lane Blacktop, *de Monte Hellman ou* Distant Voices, *de Terence Davies.* Fallen Angels, *de Wong Kar Wai.* Old Joy *e* Wendy and Lucy, *de Kelly Reichardt.*

Nos últimos tempos andei lendo uns bolivianos de outro planeta: você, Edmundo Paz Soldán, Christian Vera e Giovanna Rivero. Que água andam bebendo na Bolívia?

Acho que essa geração cresceu na democracia e isso fez toda a diferença. Também teve a possibilidade de viajar para outros países e de se nutrir com diversas tradições, teve a chance e a disponibilidade de ler sem preconceitos os escritores de outras regiões do mundo, o que permitiu à cultura boliviana sair do ostracismo em que viveu boa parte de sua história.

Fora isto, a literatura boliviana mais clássica te influenciou? Ou seus heróis literários vêm apenas de outros lados?

Ao longo dos anos li com muitíssima admiração a obra de dois poetas bolivianos: Jaime Sáenz e Julio Barriga. Sempre pensei que Sáenz é um dos maiores poetas de língua espanhola do século XX, porém não estou certo que tenha sido uma influência. Além dos escritores norte-americanos que mencionei, fui tocado pela obra de muitos autores latino-americanos e de alguns europeus. O uruguaio Juan Carlos Onetti foi um colosso, o melhor de todos os latino-americanos. O argentino Juan José Saer foi o maior estilista que a língua espanhola gerou no século XX. Um livro como Água, cão, cavalo, cabeça, *do português Gonçalo M. Tava-*

res, me sacudiu inteiro. Não sei quantas vezes li esse livrinho de contos que bem podia passar por um livro de poesia. O poeta argentino Hector Viel Temperley é tremendo. Hospital Británico,[*] esse longo poema em prosa que escreveu enquanto convalescia de uma trepanação no cérebro e sua mãe agonizava, é simplesmente de outro mundo. Eu o leio sempre e a cada vez me deixa mais e mais desconcertado por sua beleza, por sua estranheza, pelas imagens terríveis que não encontrei em nenhum outro livro, seja de narrativa ou de poesia. É impressionante.

Que anda fazendo na Universidade de Iowa? Por acaso conseguiu encontrar o fantasma de Raymond Carver por aí?

Vim para a cidade de Iowa porque me concederam o Iowa Art Fellowship, e com isso ganhei dois anos para terminar um romance que havia começado a escrever e que será publicado em 2014 pela editora espanhola Periferica. É uma cidade pequena com grande prestígio literário, por onde passaram Kurt Vonnegut, Mark Strand, Joy Williams, Marilynne Robinson e um longo et cetera. *Nos primeiros dias, ia aos bares e pedia aos barmen que me contassem histórias, porém ao cabo de algumas semanas deixei de fazer isso porque*

---

[*] Existe uma tradução para o português do poema, feita pelo poeta Douglas Diegues e publicada na revista *Coyote* nº 1, Londrina, PR, 2002.

compreendi que estavam fartos desse turismo literário que saturava o ambiente. Também acabei me cansando, e deixei de frequentar os bares de escritores, indo parar nos bares simples do bairro. Em Iowa, tive a oportunidade de conhecer Horacio Castellanos Moya, que trabalha na universidade e que é um escritor a quem admirava muito e que também se revelou excelente pessoa e um grande leitor. Ele comentou meu romance com lucidez. Desse modo, estou muito contente de compartilhar com ele, e com tantos outros, um espaço em Otra Língua.

A alegria é toda nossa e do leitor brasileiro, Maximiliano Barrientos. Seja muito bem-vindo, boliviano do espaço sideral.

Cidade do México, 19 de maio de 2014

Impressão e Acabamento:
GRÁFICA STAMPPA LTDA.
Rua João Santana, 44 - Ramos - RJ